Poesie 2022 (Volume secondo)

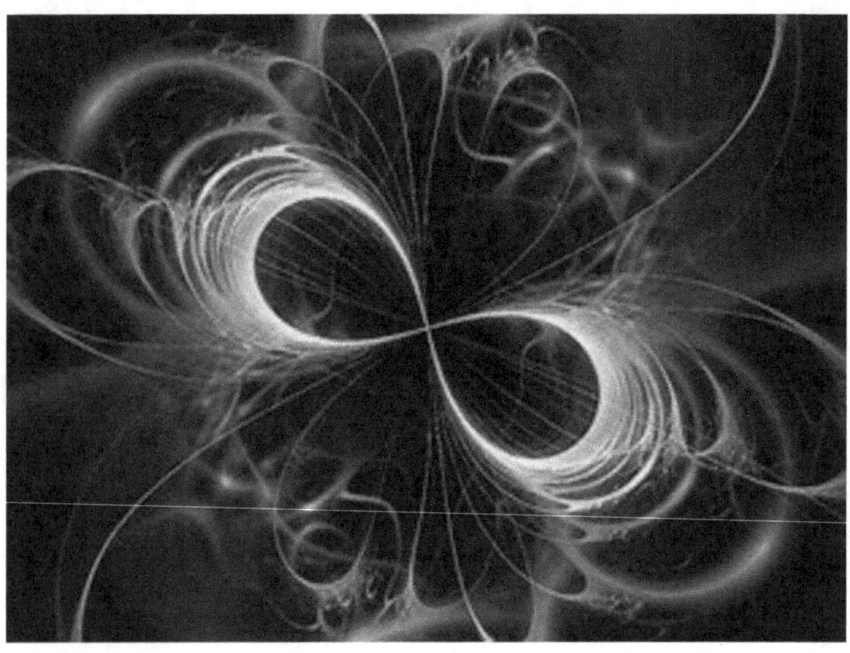

Sommario

Codice ISBN: 9798351678887

Il peso dell'anima

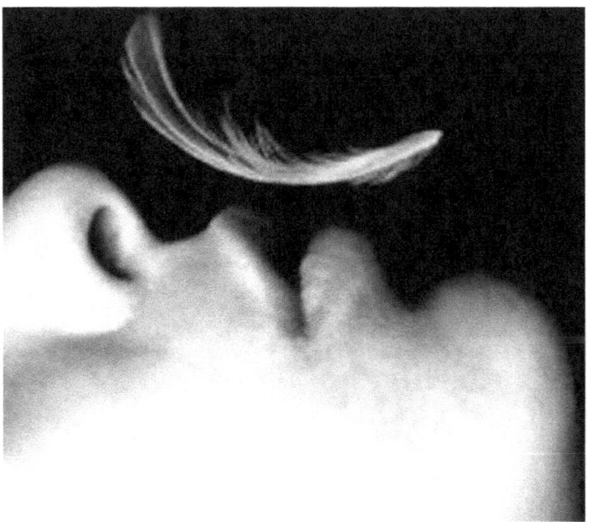

Il peso di una piuma
sulla bilancia della vita;
è l'anima dei puri.
Ridotta in poltiglia
dal male del mondo,
uncina gli affetti,
tracima dagli occhi.
Raccolgo briciole
di quel che manco;
inseguo chimere,
sogni onirici.
Dettami di vita terrena,
carenti di quella luce celeste
che illumina i cuori;
invero impauriti
da un Dio onnisciente,
che domina e riflette
i peccati dell'uomo.

Dimensione parallela

Allarga le mani,
in segno di resa.
Coglie, non visto,
l'inopportuna presenza
di uno spirito imbelle.
Nessuna sorpresa
nel suo dire,
nessuna risposta
nel suo fare.
Afferra i sentimenti
come fossero oggetti
di un'altra dimensione.
Tocca, con mani delicate,
i pensieri,
che sembrano fuggire
verso mondi estranei,
avvolti da nubi
che lasciano appena scoperta
una dimensione parallela.

Il male estremo

Lasciare indietro i pensieri.
Correre solo di fantasia.
Non passare oltre.
Seguire istinti primordiali
senza attendere la fine.
Che oggi corre
come inseguita
dal tempo;
che era mio.
E adesso
sembra rifiutare
il mio corpo.

Carenza divina

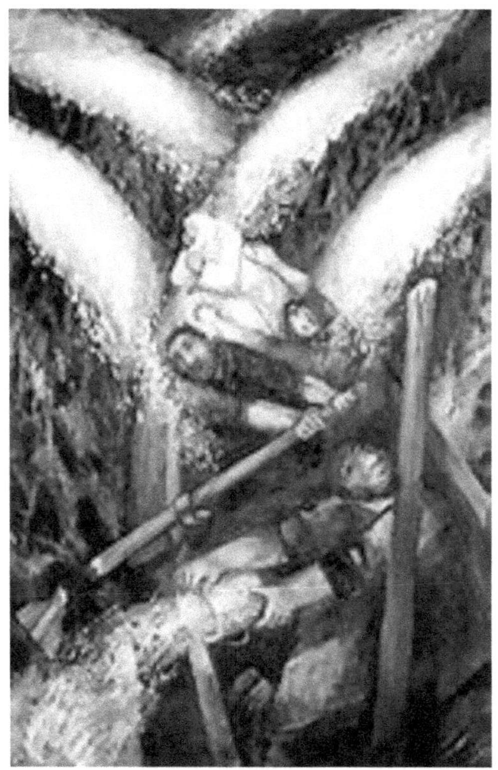

Poesia senza punteggiatura

Come mare in tempesta
Persi in un boato
Che rumoreggia lo spirito
Afferriamo la vita
Con dita risolute
Nell'attendere
L'aiuto divino
Che invero volge
Lo sguardo
Oltre il confine
Dell'animo umano

Sulle tracce di uno spartito

Riavvolgo il nastro,
trovando sempre
tracce diverse;
ascolto.
Ricomincio da capo.
La musica non cambia
Ma le parole sono
frasi nuove;
ogni volta.
Come se cambiasse il testo
della medesima canzone.
Inseguo,
su di uno spartito immaginario,
parole e musica,
che si fondono,
che si confondono;
quasi fosse
musica divina.

Il sudario della vita

Avvolto nel sudario
della vita,
sconquassato ho l'animo
da turpi pensieri.
Porre fine o perseverare?

Superfluo

SUMI-E – Giappone - Inchiostro nero

Superfluo,
quasi assente
ma predominante,
il sentiero che porta al tramonto.

Non trovo più la mia dimora
in questo universo di persone
che credono di essere un Dio
di cui non si sente il bisogno.

Senza le loro virtù,
credono, asseriscono,
non esisteresti,
non resisteresti.

Superflua è la loro idea.

Assente il loro pensiero.
Cuore naufrago,
nei confusi mari,
nei profusi mali.

Superfluo è il loro
non essere te.
Come macchie indelebili
lambisce i pensieri,
rendendoli vani.
Non è più vita;
non v'è più desio
nell'esistenza di questi esseri.

Superfluo,
nondimeno assente,
è il volgere lo sguardo
ad un domani
di solo nero inchiostro
su bianche pagine.

Macchiate dalla prosopopea.
Incise, come stigmate,
che lasciano
il superfluo
come sogni incontrollabili.

Tu sei.
Tu sei il superfluo!

Animo in difetto

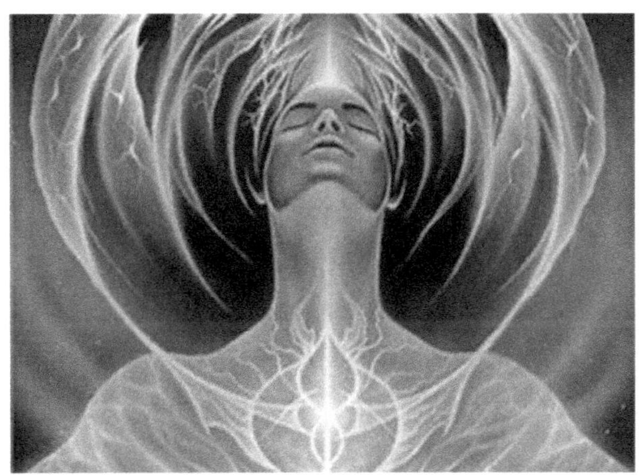

Ma l'animo è in difetto.
Sospira, non comprende.
Disconosce sé stesso.
La parola,
una promessa fatta carne,
quattro sillabe soltanto:
desiderio.
Non riconosce,
offuscata la mente,
da nefasti proponimenti.
Che coprono gli sguardi,
come federe nere.
Non vibrano ancora,
non infiammano voglie.
Come possono
i tuoi pensieri
essere d'amore,
se un istante di buio
ha lacerato
mente e passione?
Se semplicemente,
un sogno,
può cancellare tutto.

Dove sono le tue grida?
Dov'é il tuo fuoco?
Il continuo voler amare;
il desiderio puro?
Forse le tue frasi
sono dettate dal momento,
dall'arsura del tuo ventre.
Ma se così non fosse,
dichiarami i tuoi intenti.

Oblivium

Fuoco, terra, aria.
Gli elementi sono naturali.
La tua mente
li rende innaturali.
Una veloce corsa
contro il tempo,
che nulla ferma,
che sembra immobile;
ma è già comparso
il domani.
Fuoco che lambisce
i pensieri.
Terra che ricopre
gli animi.
Aria che purifica
i sentimenti.
Resta così, immobile,
lo spirito di un tempo
che fu ribelle.
Schiavo di questo corpo
che più non risponde.

Più forti del male

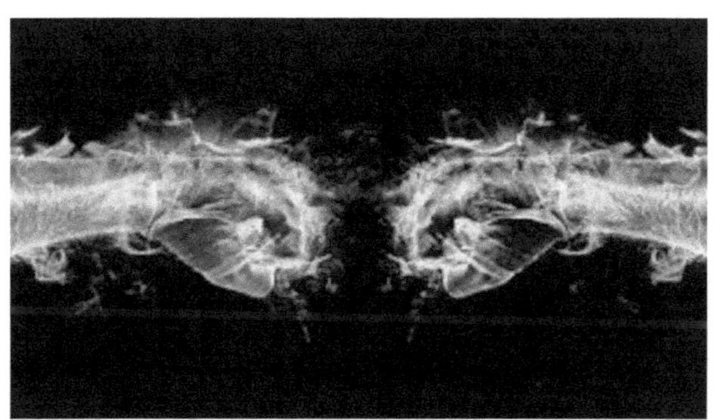

Ho sentito nel profondo
dell'animo mio
rumori di sentimenti contrastanti.
Laddove, senza indugio alcuno,
l'amore per la vita
prevale in ogni istante
e sopravvive al termine
dei giorni incerti
che accompagnano l'esistere
in quanto tale.
Non v'è malattia,
per quanto terminale,
che rubi giorni
al quotidiano essere.

Tremule mani

Incauti sguardi,
avvinghiano i tuoi fianchi.
Tremule mani
esplorano il tuo viso.
Come edera
sale sui muri,
così il mio sguardo
afferra il tuo corpo,
lasciando intendere che nulla
sarà lasciato al caso.
Farò del tuo corpo
l'idolo da venerare,
occupando ogni tuo pensiero

Il sonno dell'anima

Poesia senza punteggiatura

Nei sogni
Nel mondo
Nel vivere
È l'anima che regge
Che legge
Tra le righe
Dei pensieri più reconditi
Mentre dorme
Nel sonno
Dell'anima eterna

Un domani di luce

Ho scritto di te.
Dei tuoi pensieri.
Ho parlato coi tuoi sogni,
discorrendo tra il bene ed il male.
Ciò ch'è,
Ciò ch'è stato,
Quel che sarà;
un domani colmo di luce

Il principio dell'uomo

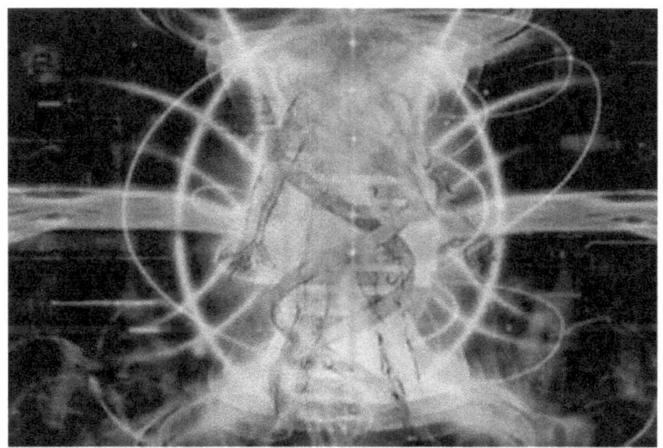

Raggiungere l'apice.
Regolare gli istinti.
Modificare il proprio essere.
Sino a colmare
le distanze che ci separano
dal divenire noi stessi.
Dal semplice somigliare
al pensiero medesimo,
alla complessità della vita.
Come in un mare di sensazioni,
butteremo il cuore
oltre l'ostacolo,
cercando in ogni dove
il principio dell'uomo.

La dimora dei sensi

Un ultimo rintocco
segna l'ora;
come orologi molli
che strappano secondi
al tempo estremo.
Corro e non vedo
segnali luminosi
sulla strada che porta
alla dimora dei sensi.

Io sono essenza pura

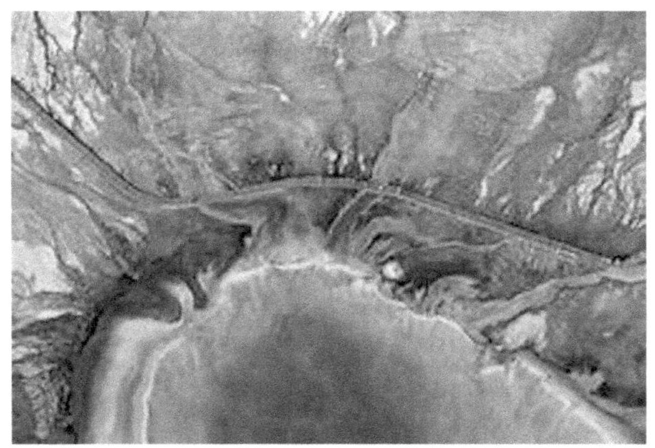

Poesia senza punteggiatura

Io sono essenza pura
In me troverai pace
Non scorderai il mio nome
Avrai tempo per vivere
E tempo per non vivere
Ricorderai i tuoi amori
Le passate glorie
Le gioie future
In un tempo infinito
Che porterà l'animo tuo
Sul tetto del mondo

Preghiera

Poesia senza punteggiatura

Verrò nella tua casa
Porterò doni e preghiere
Intonerò inni di pace
Schiere di angeli
Solcheranno i tuoi cieli
I padri ameranno i figli
I figli venereranno i genitori
Sarà il tempo
Dell'amore divino

Pensieri in trasparenza

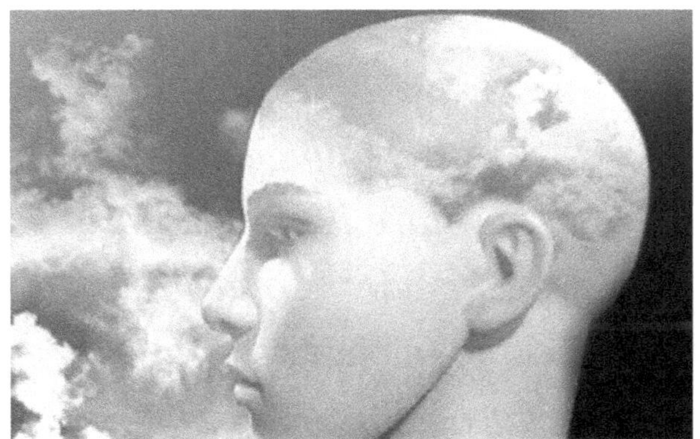

Come volti trasfigurati,
quasi in trasparenza,
raccolgo con lo sguardo
le tue necessità,
infiocchettando frasi
che ora,
sfuggendo dal tuo cuore,
s'inerpicano
scalando la tua anima,
sino a giungere
a consolare il tuo spirito
che pare esondi
come fiume in piena,
in parole che non hanno
senso alcuno.

L'uomo di pietra

Ho corso su prati
con piedi finti.
Ho colto fiori
con mani di pietra.
Ho finto di dormire
in una notte insonne.
Sono stanco;
di essere stanco.
Non v'è male,
per chi non conosce male.

L'eleganza dell'anima

In ogni dove;
nei luoghi
più impensabili.
Nel fitto degli anni.
Nel vestirsi
dell'eleganza dell'anima.
In ogni singolo movimento,
rivedremo sempre
i nostri peccati.

Ai posteri

Chissà domani;
come sarà il domani.
Su quali pietre
incideremo i perché.
Su quale sabbia
scriveremo di noi.
Sperando che dalla pietra
l'acqua non cancelli
i nostri dubbi.
Senza che il mare
porti via le nostre storie.
Per lasciare ai posteri
segni indelebili
del nostro orologio di vita.

Chioma grigia

Poesia senza punteggiatura

Sognavo ad occhi aperti
Rivedevo la tua ombra
Leggevo i tuoi passi
Al semplice desiderio
Si univa,
In una miscela amara
Il tuo diniego
Che rendeva
La mia follia
Esasperante, inquieta,
dolorosa fin nei follicoli
Dei capelli miei
Che ora assumevano
Il colore del sale

Sillabario della sfortuna

Trascinando i piedi,
appoggiato alla vita,
sudano i pensieri
dalla mente,
che mi dicono malata;
si incollano al viso
come gocce di sangue
che subito
lasciano segni indelebili,
come tracce di solchi
arati e mai concimati.
Non ho mai trovato
un sentiero ritto,
una strada sicura,
che mi abbia condotto
su di un percorso
naturale.
Così come naturali
sono gli eventi
che hanno condizionato
la mia esistenza,
solo leggermente diversi
dagli altri esseri umani.

Anime prigioniere

Semplicemente parlando
Astutamente contrapponendo
la propria idea,
sicuramente schiavi del detto
ma che non celino
amore frustrato,
combattono con fervore
per non soccombere
all'altrui pensiero.
Sono coloro che sfuggono
ai dogmi del comune,
del sentito dire,
di tutto ciò che conta,
sono anime prigioniere,
condannate all'eterno
essere in bilico
tra l'esistere
ed il nulla eterno.

Tra le righe

Guardo già la luna.
Vedo fuochi fatui.
Leggo, tra le righe,
l'essere non essere.
Compiaciuto l'animo mio
nel tempo che fu,
nei giorni migliori
in cui ho vissuto,
assaporando appieno la vita,
donando al mio spirito
ma ancor più al corpo
quel piacere ch'è stato
l'essere partecipe
alla festa del vivere.
Mi domando,
senza ottenere risposta,
se quel che ho vissuto
è stato quel che desideravo.
Se tutti i giorni trascorsi
siano stati voluti
o, semplicemente,
vissuti, così come si vive
una vita comune.

Il cammino verso la purezza

Nel tuo cammino
troverai lettura
dei tuoi sogni,
rincorrendo il passato;
troverai sempre risposte
compiacenti il tuo spirito.
Il primo passo verso
la purezza dello spirito
sarà impervio
e pieno di ostacoli seducenti.
Ma tu volgi lo sguardo
verso nuove prospettive
e non ti curare
se una luce attraente, subdola,
cercherà di deviare
il tuo cammino.

Leggere nei sogni

Se nel tuo andare
troverai lettura
dei tuoi sogni,
rincorrendo il passato,
troverai sempre risposte
compiacenti il tuo spirito.
Adesso non è più tempo
di discorrere, di guardare altrove,
fermando il cammino.
Oggi è giunta l'ora
di sollevare il capo
e con occhio fermo
restituire l'uomo al mondo.

Nascere, vivere, perire

Vorrei sapere
quando sarà disponibile
il mio spirito.
Che lesto sfiora
la mia dimora;
che si accasa
facendo propria
la capacità
di vivere.
Così inizia la vita.
Con un vagito.
Così finisce.
Con un filo di voce.
Nel mezzo lascia qualcosa,
un segno della presenza
del tuo animo
su questa terra.

Reminiscenze

Occhi socchiusi
e mente attiva.
Come mani sul cuore
a giurare fedeltà.
Gettati gli anni
nel dimenticatoio
della vecchiaia,
vividi i ricordi
lividi i trascorsi,
nondimeno assurgono
ipotesi di complotto.
Gettato sulla strada
come rifiuto leggo,
in un futuro prossimo,
quale destino avverso
quale altro fato
porterà i miei pensieri
in passate reminiscenze.

Sorella del mio essere

*Tu che hai aperto
la mia anima;
sorella del mio essere,
compagna dei miei sogni.
Hai dipinto,
nel senso del realizzare,
le mie incertezze
le paure, portando con te
il peso del mio male.
Nessun essere umano
cancellerà i tuoi gesti
le tue parole.
Non ci saranno
più strade
lastricate dal dolore.
Troveremo, solo,
nel nostro fare
quel sentimento
che ci ha unito
e che nulla dividerà.*

Il calore dei sentimenti

Troverò mille fuochi,
brucerò le mie paure.
Nel senso stretto
della verifica
di quel che ho detto,
o semplicemente fatto.
Saranno frasi dettate
dal puro non mentire.
Acceso dal calore
dei sentimenti.
Che continuerà ad ardere,
come falò sulla spiaggia,
sinché sarà alimentato
dal legname della vita.

Poesia d'amore

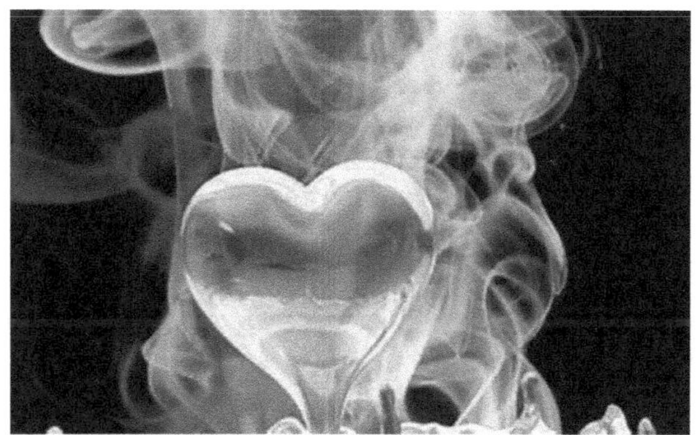

Dolce anima
che fuggi
dal mio cuore,
non scordare
quel ch'è stato
il nostro essere
un sol spirito.
Vissuto come unica speme.
Non lasciare,
nel limbo eterno,
questo sentimento
dal quale ora ti neghi.
Fa ch'io soccorra
la tua mente
indecisa e con essa
i tuoi pensieri,
per portare nuovamente
la tua anima
al mio cospetto.

Incauti passi

Sono stanco.
Stanco di essere stanco.
Gettati ho gli anni
dalla finestra della vita.
Se, con la mente,
torno sui miei passi,
mi accorgo
che sono sempre stati
passi incerti, incauti.
Le scelte che hanno
condizionato la vita,
sono nate, pasciute
quindi perite
nel giro di una lancetta.
Dovrei, per pareggiare
i conti con la vita,
poter girare al contrario
l'orologio che segna
la nostra presenza
sulla terra,
e con quel che ne rimane
ricominciare
dal primo vagito.

Chiave di violino

Imprescindibile.
Ineluttabile.
Come assoluta certezza,
non manco di nulla.
Trascorsi i miei anni
in sintonie musicali,
mi ritrovo
come aggrappato
ad un pentagramma,
sospeso nel vuoto
del nulla estremo.
La mia anima
ed il mio misero corpo
suonano liriche sconosciute.
Chiave di volta
del mistero che avvolge
gli esseri umani.
Echeggi di trombe,
solfeggi e canti
annunciano
composizioni celestiali.

Il Re di Denari

Duettare in un sol spirito.
Anelare sogni repressi.
La compagna dei sogni miei
rimescola le carte.
Ed ecco uscire dal mazzo
un re un po' sbiadito,
una carta che conta poco;
una carta che vale una vita.
Non vi sono artefici.
Non esistono inganni.
Il prestigiatore
ha rotto gl'indugi,
lasciando sul tavolo
solo sentimenti truccati.

Il rumore dei pensieri

Ho scritto di tutti.
Sprecato parole
e frasi sconnesse.
Descritto il tuo cuore
e l'animo mio
come fossero tutt'uno.
Milioni di sentimenti
gettati nel pozzo
della verità
dove ho lasciato
la mente mia,
ch'è fuggita
lasciandomi solo
ad ascoltare il rumore
dei miei pensieri.

Cuori di cera e pietra

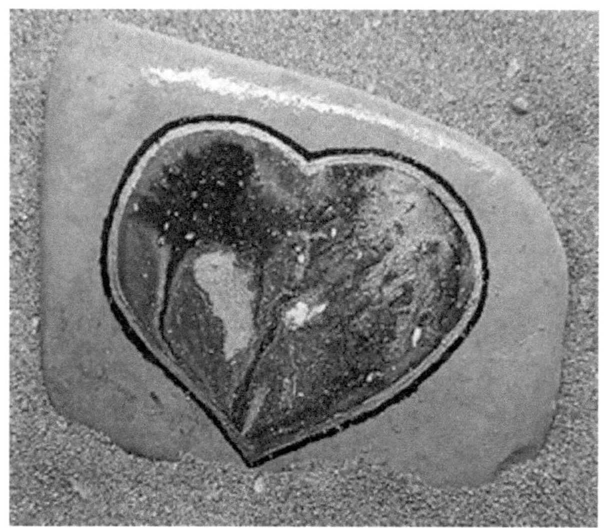

Cuore di cera
che scioglie sé stesso
sul banco dei sentimenti.
Lasciando tracce
di bianco latte; raggrumato.
Avendo cercato, e mai trovato,
un indirizzo.
Perseguendo un ideale
sì può essere in grado
di sciogliere i dubbi
che attanagliano la mente.
La vita porta
su sentieri sconosciuti
che non si dica voluti.
Cuore di pietra
con incise
le iniziali
del tuo sentimento.
Ne cera, ne pietra
cambieranno il tuo destino.
Ch'è segnato e porta
verso il tramonto.

Docile amore

Ora lacrime di vetro
rigano il tuo viso;
ma non è pianto disperato,
solo sensazione di gioia pura.
Com'è pura la tua anima.
Docile amore
che reggi
il mio cuore
non lasciarmi andare,
afferra i miei sentimenti
e portali al tuo fianco.

Cupi pensieri

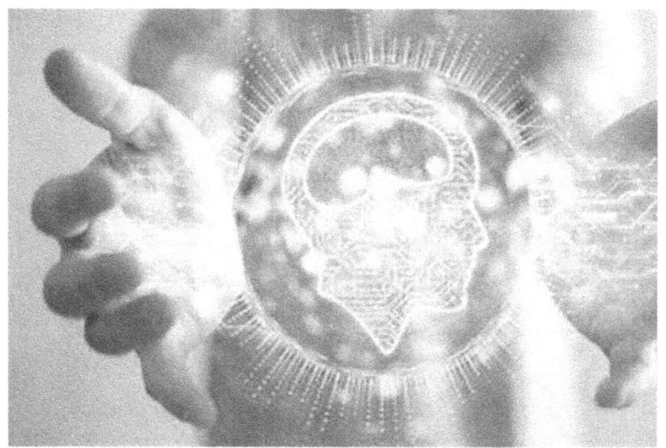

Un prosaico racconto
di un esterrefatto bambino
che ha lasciato soltanto
cupi inverni nel suo viaggio
attraverso la vita.
Non esiste finzione
che possa dimorare l'animo
di questo fanciullo,
come se la presenza
di qualcosa di oscuro
rapisse i suoi pensieri.
Arguzie pressanti
sconvolgono la mente;
sarà votato al dolore?

Attori di vita

Quel che sarà
Non è dato conoscere
Ciò ch'è oggi
È solo presente
Luci di una ribalta
Che dietro le quinte
Nascondono il vero
Non mostrano i trucchi
Gli inganni
I visi dipinti
Di attori
che si atteggiano
a trasformisti
rubando la scena
alla vita stessa

Il tempo è fuggito

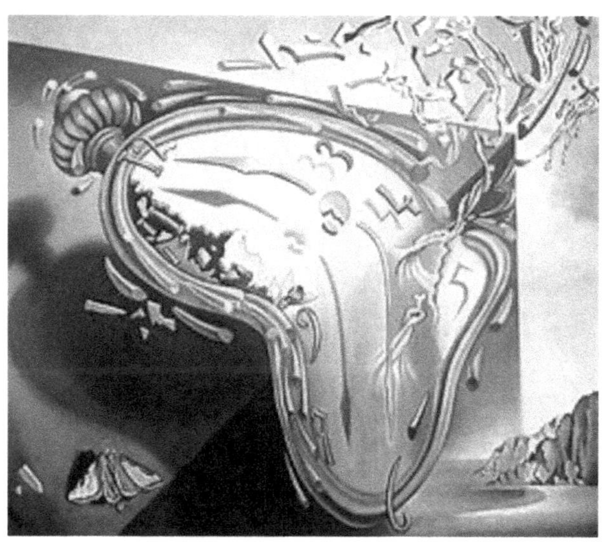

Nasco nuovamente
dall'uovo materno.
Sono stato essere umano,
cresciuto come figlio,
nell'animo amato.
Non ho voluto
conoscere il bene eterno
che solo una madre sa dare,
cercando di prendere dalla vita
ogni singolo istante
e come gocce che stillano
da un corpo ferito
non ho assaporato
i minuti che passavano
come fissando,
con sguardo stupito,
le lancette dell'orologio.

I giorni, che nascondendosi
dietro piaceri intangibili,
sono scomparsi
fuggendo l'anima mia.
Gli anni che volando
in un cielo etereo
hanno trascorso per intero
la mia vita.

Incontrollabile istinto

Scrivere.
Incontrollabile istinto.
Ineluttabile amore.
Forza che ha spinto
il mio io
a surclassare
l'istruzione in senso lato.
Scrivere.
Non controllare la mente,
lasciando andare
i pensieri,
che fuggendo,
compongono
lo scritto.

Il sorriso di un uomo

Poesia senza punteggiatura

L'espressione massima
Dell'essere se stessi
Convoglia l'animo mio
Verso orizzonti
Inaspettati
Creando specchi
Sui quali rifletto
I miei pensieri
Voli pindarici da circo equestre
Attendo con flemma irreversibile
Attimo dopo Attimo
Giorni audaci
E sangue vivo
Vola l'animo mio
Afferrando il tuo viso
Il tuo sorriso
Li faccio miei
Li trattengo nel Cuore
Per non dimenticare il tuo nome
Un solo pensiero.
Una sola anima.
Un sorriso sulle mie labbra

Lo sguardo di un uomo

Il destino è scritto
negli occhi;
nel profondo dello sguardo
di ogni essere umano
è segnato il proprio.
Se guardi una persona
fissandolo nelle pupille
sai già se la sua fine è vicina.
Lo sguardo è la vera anima,
lo specchio sul quale
si riflette la vita
che come acqua rimanda
immagini distorte
così da confondere
i pensieri.

Anima solitaria

Come un novello Odisseo
cavalchi l'onda
che il mare porta,
all'infinito,
ad infrangersi
sulla battigia.
In equilibrio
sui sentimenti,
non scorgi
l'anima che si accosta
e con fare mellifluo
non ti rendi conto
che, semplicemente,
hai lasciato al caso
la tua identità.
L'anima si allontana.
Cosicché rimani solo,
come un'anima solitaria.

Armageddon

Una luna malvagia
s'affaccia sul tramonto;
segnale di un accadimento
che non porterà pace
su tutta la terra.
Cresceranno piante
che col loro veleno
deturperanno
gli animi degli uomini.
Inferno salito in terra.
Romperanno gli argini
fiumi in tumulto.
Mari tempestosi,
che erano acque chete,
solleveranno,
in onde anomale,
quel che resta degli uomini.
Non resta che pregare
affinché il male taccia.
Le nostre divinità
accorreranno.

Ma sulla strada,
lastricata dal male,
non troveranno
più vita.
Sarà finita, conclusa
l'era degli uomini.

L'odore del peccato

Scrivo una lettera
in prosa antica.
Sollevo lo sguardo
dai fogli macchiati
dalla mia grafia.
Ti vedo, in un angolo
di questa sconosciuta casa;
trafitta dai raggi lunari.
Seduta alla finestra,
con la testa tra le mani,
stai ascoltando il rumore
della mia patetica poesia.
Poi le tue mani
afferrano il mio viso.
Accarezzi i miei pensieri.
Liberi la mente,
e raccogli
la mia anima.
Sento, percepisco
l'odore del peccato.

Quello che ha intriso
il tuo corpo peccaminoso
in un abbraccio sfrontato.
Fuggo come un dannato
fugge dai suoi peccati,
condannato all'eterna
solitudine.

Il mio posto nel tuo cuore

Portami sui tuoi passi,
concedimi l'onore
d'esserti accanto.
Anche se incatenato,
col cuore colpito
dall'incantevole musa degli affetti.
Correggi i miei pensieri,
lasciando intendere
che nulla è eterno.
Un esercito di anime,
incurante dei pensieri,
combatterà coi miei sentimenti,
Così ch'io possa
trovare un semplice posto
nel tuo cuore,
facendo sopravvivere
quel che suscita l'essenza
del tuo sbeffeggiare
il mio amore.

Il fine ultimo

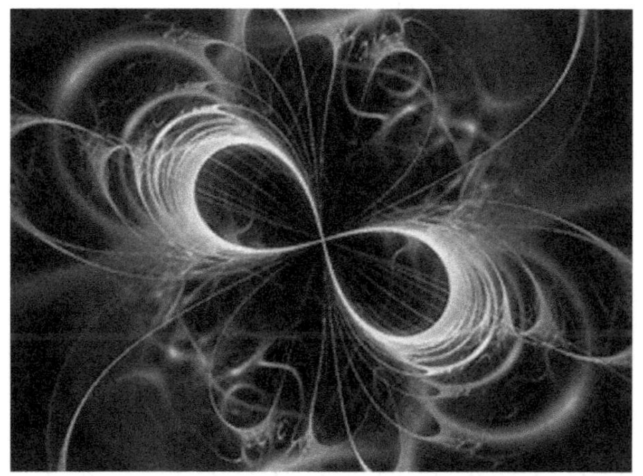

Cuore malato,
vita in sospeso.
Perfetto sconosciuto
in un mondo sommerso,
quello che dà origine
alla realtà
di cui abbiamo bisogno,
ma che non riusciamo
a liberare,
tanto è legato
al fine ultimo
del divenire
nell'immaginario dell'uomo.
Una fuga verso
l'infinito.
Scoprendo che infinita,
eterna è solo l'anima.
Cercando sempre di sopravvivere.

Macchia d'ombra

Come una semplice
macchia d'ombra
che segue
i miei passi
ti avvolgi all'anima mia.
Senza più lacrime
mi getto ai tuoi piedi
convergendo
i miei pensieri
all'unica sorte possibile.
La forza erculea
delle meraviglie
del tuo spirito,
che domina
la nostra vita
e porterà pace
ai sentimenti.

Lacrimatoio umano

Se tutti i mali del mondo
finissero qui dentro,
se tutto il dolore
causato dal male,
se lo spirito di ognuno
terminasse nel grande
pozzo della terra,
dove spedire
i nostri pensieri malvagi,
troveremmo finalmente
libera la mente
e tutto terminerebbe
nel disperato
bisogno di finzione,
quella che porterebbe il mondo
a salvarsi ed a concludere
i propri sogni
nel grande lacrimatoio umano.

L'espressione dell'anima

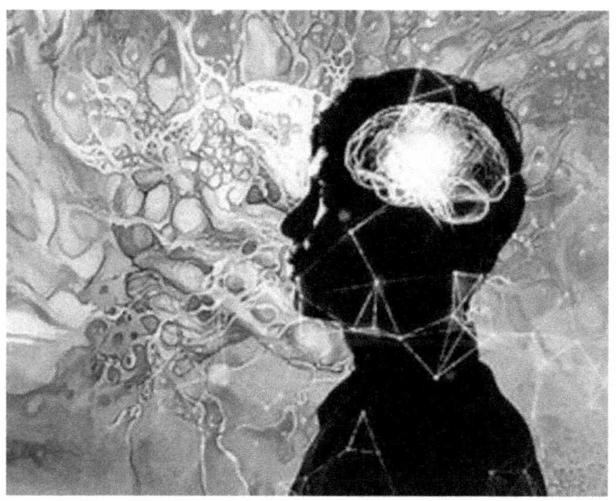

Poesia senza punteggiatura

Scendo i gradini
Della mia inutile vita
Arrivato in fondo
Alle scale
Ricordo di avere un nome
Di essere ancora vivo
Che niente e nessuno
Fermerà i miei anni
L'espressione dell'anima
Dispererà sé stessa
Correggendo i pensieri

Ai Facchini di Santa Rosa

Ho visto 100 e più volti
prima sorridenti,
poi sofferenti,
infine colmi di gioia.
Gloria ascende al cielo.
Mille luci come fate
in un nugolo impressionante,
corrono e si rincorrono
dal basso verso l'alto.
Il sentimento che lega
"ciuffi" e "spallette"
è indissolubile;
non lascia adito
a nulla che non sia
il vivere quotidiano
a pane e Santa Rosa.

Francesco Enas.

Malato di Parkinson (malattia diagnosticata nel gennaio 2014), Francesco Enas nasce a Genova il 10 settembre 1958.
Si trasferisce a Torino giovanissimo, nell'ottobre 1962, dove frequenta tutte le scuole, fino al raggiungimento della maturità in qualità di Perito Elettronico.
Dal 1995 al 2002 si trasferisce a Roma per lavoro.
Dal settembre 2002 vive a Viterbo.

Inizia a scrivere giovanissimo e già a quattordici anni compone le sue prime poesie, che trattano non solo dei suoi disastri amorosi, ma anche temi ambientali e soprattutto religiosi.

Oggi in pensione si occupa principalmente di scrittura e, dopo la pubblicazione di una trilogia di Raccolta di Poesie, Favole e Racconti Brevi, tre Silloge poetiche, cinque romanzi Fantasy, ecco il primo di tre romanzi che tratteranno un tema religioso, il Re dei Re (La Genesi della fede).

L'uscita della prima parte, anche questo parte di una trilogia: “La Demoniaca Commedia”, divisa in Inferno (quattro libri), Purgatorio (tre libri) e Paradiso (tre libri).

In questa serie, di dieci capitoli, narra di un secondo, ipotetico viaggio di Dante nei tre Regni dell'Oltretomba e nel perseguire il tragitto della Divina Commedia, fa il “verso” al capolavoro assoluto del Maestro Dante Alighieri.
Difatti, a differenza di quanto compare nella sua opera, Dante non è accompagnato da Virgilio e gli altri, ma è lui che accompagna l'autore!

www.ingramcontent.com/pod-product-compliance
Lightning Source LLC
LaVergne TN
LVHW050313160826
845677LV00014B/3372

* 9 7 9 8 3 5 1 6 7 8 8 8 7 *